LA MORT

DU

COMTE D'EGMOND

POËME.

SE TROUVE EN VENTE:

LA MORT

DU

COMTE D'EGMOND

POËME

PAR AUG. CLAVAREAU.

A PARIS

DE L'IMPRIMERIE DE P. DIDOT, L'AINÉ,

CHEVALIER DE L'ORDRE ROYAL DE SAINT-MICHEL,

IMPRIMEUR DU ROI.

M DCCC XXI.

LA MORT

DU

COMTE D'EGMOND

POËME.

O muse! viens m'ouvrir les annales du crime;
Déplore le destin d'une grande victime,
Et du Belge opprimé racontant les malheurs,
Sur la tombe d'Egmond viens répandre des pleurs.
Dis comment un héros, l'appui de sa patrie,
Par le fer assassin a vu trancher sa vie.
Ses vertus, sa valeur, l'amour de son pays,
Hélas! n'ont pu fléchir ses cruels ennemis :
De la mort d'un coupable il périt plein de gloire,
Et l'univers en deuil a gardé sa mémoire.
    Le fils de Frédéric, par un heureux hymen,
De l'illustre Marie avait reçu la main :

Vingt lustres allaient fuir; et le lion Belgique
Reposait à côté de l'aigle Germanique.
La gloire d'un grand nom et de nombreux succès
Avaient promis au Belge une éternelle paix.
Trompeuse illusion! Déja la pâle envie
Réveille sourdement sa fureur assoupie,
Et dans ses noirs accès, ses transports forcenés,
Dévore en frémissant ses membres décharnés.
Des filles de l'enfer, qu'à grands cris elle appelle,
L'Ebre vomit bientôt le cortége fidéle :
Leur souffle vient souiller la lumière du jour.
La Paix verse des pleurs et s'enfuit sans retour.
Le fanatisme affreux, la discorde, la guerre,
Tous les maux à-la-fois épouvantent la terre.
  Alors un roi cruel, hardi dans ses projets,
Sous un sceptre de fer opprimait ses sujets.
Dans le sein du monarque, une noire euménide
Verse de ses poisons le breuvage perfide :
Par de vils courtisans sans cesse environné,
Dans un gouffre d'erreurs Philippe est entraîné.
L'inhumain fanatisme, au milieu des ténébres,
Entouré de forfaits, de hurlements funébres,

Condamne la pensée, interroge les cœurs,
Signale son pouvoir par d'horribles fureurs;
Et la religion, don céleste et sublime,
Sur ses autels sacrés voit s'élever le crime.
Délires inouïs d'un règne trop sanglant,
Que la main de Clio n'a tracé qu'en tremblant!
O monarque insensé! vous avez cru peut-être
Qu'un peuple obéissant devait craindre son maître;
Que la terreur, la force et le glaive des rois
Étaient l'appui du trône et le soutien des lois:
Un instant a détruit votre affreuse chimère....
De son axe enflammé s'élance la lumière;
Du haut des cieux descend l'auguste vérité:
Agitant son flambeau des tyrans redouté,
Par-tout elle répand son sévère langage,
Et des cœurs abattus relève le courage.
L'espérance renaît du sein de la douleur:
Le Belge a retrouvé son antique valeur;
S'indigne de sa chaîne; et son ame guerrière
Aux efforts du tyran oppose une barrière.
Ainsi, quand la tempête a déchaîné les vents,
De la cime des monts s'élancent des torrents;

Mais bientôt des remparts élevés par leur rage

Dans les champs dévastés arrêtent leur passage.

L'impatient Philippe, implacable ennemi,

Dans ses cruels desseins à jamais affermi,

Obéit aux desirs d'une atroce vengeance,

Rassemble ses soldats, arme une flotte immense,

Et digne d'un tel roi, digne de tant d'horreurs,

Le duc d'Albe est choisi pour servir ses fureurs.

Albe! à ce nom fatal a frémi Mnémosyne.

Pleurez, Belges, pleurez le sort qu'on vous destine!....

Des milliers de vaisseaux envahissent nos ports;

L'Océan s'en étonne, et vomit sur nos bords

Des soldats effrénés poussant des cris de joie,

Tels qu'un vautour sanglant qui déchire sa proie.

L'inexorable duc, ministre du trépas,

Par les pleurs et le sang marque par-tout ses pas;

Par-tout le fer, le feu, ravagent nos contrées;

Nos fils désespérés, nos vierges éplorées,

Hélas! fuyant en vain l'inévitable mort,

Loin du toit paternel vont attendre leur sort.

D'une voix unanime, au sein de leurs misères,

Les Belges vers les cieux font monter ces prières :

« O Dieux ! Dieux immortels, témoins de tant de maux,

« Tomberons-nous ainsi sous le fer des bourreaux ?

« Si notre heure a sonné, si la mort inflexible

« Sur nos fronts innocents lève sa faux terrible,

« Arrachez-nous du moins à ce trépas honteux,

« Et laissez-nous mourir dignes de nos aïeux ! »

Les Dieux ont entendu cette plainte touchante.

Egmond va rassurer la Belgique tremblante.

Egmond, héros doué des plus rares vertus,

S'avance, et rend l'espoir aux Belges abattus.

Tel, au milieu des vents, jouet des mers profondes,

Le pilote effrayé luttant contre les ondes,

Quand Phébus reparaît sur son char radieux,

Ne craint plus les écueils ni les flots orageux ;

Tel le Belge accablé, rappelant sa vaillance,

Rouvre encore son cœur à la douce espérance.

Déja dans vingt combats cet illustre guerrier

Avait orné son front de l'immortel laurier :

Une divinité sur lui veilla sans cesse,

Et de son bouclier protégea sa jeunesse.

L'Afrique l'avait vu, terrible aux révoltés,

Renverser de Tunis les remparts indomptés.

Par-tout sous nos drapeaux il fixa la victoire :

Saint-Quentin, Graveline, ont admiré sa gloire.

Intrépide guerrier, habile ambassadeur,

C'est Minerve au conseil, c'est Mars au champ d'honneur.

Bon père, bon époux, un brillant hyménée

Embellissait encor sa noble destinée,

Et de nombreux enfants, doux fruits de ses amours,

Déja lui promettaient de charmer ses vieux jours.

Mais le fatal destin, sur son livre immuable,

Traça de ce héros l'arrêt irrévocable.

O courageux Egmond ! protecteur de nos droits,

En vain tu fais entendre une éloquente voix,

En vain, touché du sort de ta triste patrie,

Des rives de l'Escaut jusqu'à l'Ebre en furie,

Accusant de nos maux nos lâches oppresseurs,

Sous les yeux du tyran tu vas porter nos pleurs;

Là ton cœur est percé d'une douleur mortelle :

Philippe, poursuivant sa vengeance cruelle,

Veut nous ravir l'honneur et nous donner la paix;

Mais le Belge à ce prix ne l'accepta jamais.

Philippe, dévoré du poison des furies,

Sous un accueil flatteur cache ses perfidies,

Et retarde le jour où son sceptre odieux

Doit souiller son éclat dans un sang glorieux.

Tel on voit l'épervier, d'une aile menaçante,

Poursuivre avec détour la colombe innocente.

Egmond ! combien ton sort alarmait notre amour !

Tu reviens ; ton pays célèbre ton retour ;

Tu reviens ! et déja la vengeance inquiète

Dans l'ombre autour de toi prépare la tempête ;

Mais comme un fier lion qu'enflamme le danger,

Contre nos oppresseurs tu veux nous protéger.

Egmond ! dans ces moments de douleurs et de larmes

Ton courage apaisait nos sinistres alarmes ;

O grand homme ! ô héros ! tes soins consolateurs

De tes concitoyens allégeaient les malheurs.

Du duc d'Albe irrité tu calmas la colère ;

Marguerite admira ton noble caractère,

Reconnut tes talents, et vanta tes exploits :

Que n'a-t-elle écouté le vengeur de nos droits !

Hélas ! pour ton pays tes vœux sont inutiles :

Du tyran espagnol les ministres serviles,

Offensés de ta gloire, et lâchement jaloux,

Ont conspiré ta perte, et s'arment de courroux.

L'instant fatal approche..... O ciel! est-il possible
Qu'aux cris d'un peuple entier tu restes insensible?
Jour d'opprobre éternel ! exécrables forfaits
Que le temps destructeur n'effacera jamais !
Dissimulant sa haine, au milieu de l'abyme
Le duc adroitement attire sa victime ,
Et l'habile Nassau, politique profond,
Des piéges de Philippe en vain instruit Egmond.
Ah! s'il eût écouté cet avis salutaire,
Que de gloire eût encore illustré sa carrière !
De longs jours l'attendaient; et la Belgique en deuil
N'eût point, avec effroi, pleuré sur son cercueil.
Trop grand pour soupçonner le crime qui s'apprête,
Sans armes, sans défense, il vient livrer sa tête.
On l'enchaîne, accusé d'outrager à-la-fois
Et la religion et le trône et les lois.
Tout couvert de lauriers, sa vie est menacée,
Et son injuste mort est enfin prononcée.
Alors, le Belge en pleurs, à l'aspect des bourreaux ,
Demande aux immortels de sauver ce héros.
C'en est fait: plus d'espoir. O comble d'infamie!
Ce n'était point assez de t'arracher la vie;

Pour ajouter encore à l'horreur de ton sort,

Ton épouse adorée est témoin de ta mort.

Vertueuse Sabine! ô femme infortunée!

A des chagrins amers les Dieux t'ont condamnée!

    La nuit d'un voile sombre enveloppait les cieux,

Et le comte au sommeil abandonnait ses yeux.

Interdits et tremblants, les gardes, à sa vue,

Ressentent tout-à-coup une atteinte imprévue.

Le duc d'Albe pâlit; et la voix du remords

De sa rage barbare arrête les transports.

Il frissonne, il s'émeut: tant une ame sublime

En impose au coupable au moment de son crime!

Mais le remords se tait; le signal est donné:

Aux pieds de l'échafaud Egmond est entraîné.

Il regarde le ciel, il l'implore, et s'écrie:

« J'ai vécu: Dieux puissants, protégez ma patrie! »

Ainsi tombe et périt, sur la terre couché,

Un lis majestueux qu'un reptile a touché;

Ainsi meurt ce héros, la gloire de nos armes!

Pleurez, Belges; versez de douloureuses larmes!

Bruxelles, que tes murs, ombragés de cyprès,

Long-temps à l'étranger apprennent nos regrets!

Les lions sont tombés sous les aigles perfides !

Mais sur ta cendre, Egmond, des guerriers intrépides,

Enflammés de courroux, respirant les combats,

Se lèvent pour venger ton indigne trépas.

Guillaume à ta mémoire ajoute un nouveau lustre,

Et notre liberté naît de ton sang illustre.

La mort impitoyable a pu trancher tes jours,

Mais dans nos cœurs émus tu respires toujours :

De nos fiers ennemis les fureurs étouffées

Ne renverseront plus nos sublimes trophées,

Et l'airain et le marbre, aux siècles à venir,

Conservent de ton nom l'immortel souvenir.

NOTES HISTORIQUES [1].

Le fils de Frédéric, par un heureux hymen,
De l'illustre Marie avait reçu la main.

Le prince Maximilien, fils de Frédéric III, empereur d'Autriche, épousa Marie de Bourgogne, comtesse de Flandre.

Alors un roi cruel, hardi dans ses projets,

Philippe II, roi d'Espagne : il frappa en même temps et ses peuples et ses ennemis. Il porta ses vues jusqu'au Japon.

L'Afrique l'avait vu, terrible aux révoltés,
Renverser de Tunis les remparts indomptés.

Le roi de Tunis, détrôné par Barberousse, implora le secours de Charles-Quint. Le comte d'Egmond suivit Charles en Afrique, et contribua à la réduction de Tunis.

Un brillant hyménée
Embellissait encor sa noble destinée.

Il épousa Sabine, princesse de Bavière, dont il eut treize enfants.

Sous les yeux du tyran tu vas porter nos pleurs.

Il fut envoyé en Espagne, pour porter au pied du trône les réclamations et les doléances des Belges.

Marguerite admira ton noble caractère.

Marguerite, fille naturelle de Charles-Quint, gouvernante des Pays-Bas. L'histoire parle avantageusement de l'esprit et des connaissances de cette princesse.

---

(1) M. Camberlyn, de Gand, a composé un poëme latin sur la mort du comte d'Egmond. J'ai suivi le même cadre, et adopté la plupart de ses idées.

Et l'habile Nassau, politique profond,
Des pièges de Philippe en vain instruit Egmond.

Guillaume de Nassau, prince d'Orange, fondateur de la liberté belgique, devina les projets du duc d'Albe, et engagea le comte à se soustraire à la vengeance de cet homme féroce.

On l'enchaîne, accusé d'outrager à-la-fois
Et la religion et le trône et les lois.

On lui intenta un procès scandaleux : il fut condamné comme rebelle au roi.

Ton épouse adorée est témoin de ta mort.

Sabine était venue à Bruxelles pour consoler son amie, la comtesse d'Aremberg, de la perte de son époux. Le jour même elle apprit le supplice du comte d'Egmond.

Mais sur ta cendre, Egmond, des guerriers intrépides,
Enflammés de courroux, respirant les combats,
Se lèvent pour venger ton indigne trépas.

La mort du comte jeta le désespoir parmi les Belges, et les fit courir aux armes. Guillaume de Nassau battit les Espagnols par terre et par mer, et prépara la prospérité et la puissance des Provinces-Unies.

FIN.

www.ingramcontent.com/pod-product-compliance
Lightning Source LLC
Chambersburg PA
CBHW061446170626
46811CB00005B/2386